親の老いと直面した時

美也子

文芸社

親の老いと直面した時

目次

きっかけ

その時はある日突然やってきた。

しかし覚悟はしていた。


東京の葛飾区にある私の実家では、高齢の父と母が二人で暮らしていた。

私の子どもが小さい頃は孫の顔を見せによく訪れたものだった。

数年にわたるそんな時期があったが、用事がある時しか行かなくなっていた。

父は趣味が多く、母も書道教室をやっていたりして、それぞれの生活を楽しんでいるようだった。高齢になってからも頼られることがないので、どちらかというと、父と母は自分たちの生活に介入されたくないかのように、私には思えていた。

私が千葉に住むようになって三十年くらいになるが、実家を訪れて自宅に帰る際、父と母は必ず玄関の外まで出て二人並んで手を振り見送ってくれていた。二人並んで手を振るその光景を見ながら、この光景がいつか見られなくなる日が来ることを覚悟していた。父と母は元気そうに見えたが、もうそういう年になっていた。

この光景を見るのは今回で最後になるのだろうか。二人が並ぶその光景をあとどのくらい見られるのだろうか。毎回そんなことを思いながら実家をあとにしていた。

そんなある日、用事ができて母に電話をした。

母が家にいる時は、電話をすると必ず母が出ていたが、その日は珍しく父が出た。「ママは？」と聞くと、父は「ママは寝ているよ」といつもの口調で答えた。時間は午後の四時半頃。最近の母は、昼寝はしなくなっていたはずだ。

おかしい。

一旦電話を切り、すぐさま私は車で一時間ほどの実家に向かった。行ってみると、いつもついている居間の電気が消えている。一階は真っ暗だ。

そして二階から、なにやらぼそぼそと話し声が聞こえる。二階に上がってみると母の寝室にだけ明かりがついており、そこで母は寝たままの状態で何か言っている。見ると、そのすぐそばでかけ布団を持ったまま、立ちすくんでいる父がいるではないか。父は困り果てた顔をしている。

父が買ってきたとみえる焼き鳥のにおいが部屋中にたちこめていて、一生懸命母のために買い物をしてきたことがうかがわれた。

母は、その日の朝から身体が動かなくなり、身体全体が麻痺したかのようになったのだという。話すことはできて腕は動くらしい。

自力で起き上がれなくなったのだからトイレに行けない。「トイレに行きたい」という母を、父は必死に引きずりトイレのドアの前まで連れていったそうだ。しかし、ほぼ全身が麻痺状態となっているのだから便座に座ることも用を足すこともできない。父はまた母を引きずり寝床まで戻したそうだ。その時、父はどんなに困ったことだろう。

父、九十二歳、母、八十五歳の時であった。

まずは救急車を呼ばなければ。心のどこかで家の主である父にその了解を得なければと思ってしまった。父に「救急車を呼ぶよ」と言うと、なんと父は「救急車を呼んだってどうにもならないよ」と言うのである。その時の父の言葉に私は愕然とした。母がこんな状態になっても父には救急車を呼ぶといった概念がなかったのだ。この家では父の判断は絶対であって、父の言葉は、迷った時の最後のとりでのような重いものがあった。

そうであったはずだったが、ここは私が押し切って事を進めるしかない。

数分後、救急車が到着した。

三人の救急隊員の方々は、動けなくなった母を丁寧に扱ってくださり、身体を布でくるみ、くるりと曲がった階段を下って救急車まで運んでくれた。こんなことは、父と私だけでは到底できないことだった。

その光景を心細げに心配そうに見つめていた父を見て、私はせつなくなった。そして、いつか来るであろう時が来てしまったと思っていた。

母の入院

母は近くの私立病院に入院することになった。

入院してからも普通に話はできていたからか、動けなくなった母を見ても不思議と生命の危機は感じなかった。

母は意識があり、その状態で「お母さんね、トイレに行きたいの」と言う。

ああ、そうだったね。

それを看護師さんに伝えると、「今はオムツにするように」と言われた。そしてそれを受け入れる母の様子を見て、その時の私はまたしても愕然とした。

この母が、この母が、どんな時でも体裁を保ち、おすましししながら生きてきた人、その母が、オムツをすることを抵抗なく受け入れている。いいんだ、いいんだねという気持ちだった。そうだ、人間だ。人間が老いた時、このようなことと遭遇するのは、いわば当然のことなのである。

その頃の私は、父と母の様々な「老い」と向き合うことに必死だった。

それから母は、大きなイビキをかいて口をあけたまま眠り続けた。母のこのような姿も初めて見た。その様子を見た父は、母はもうだめなのかもしれないと思ったようだった。父は「これはもういかんね」とつぶやいていた（愛知の方言で「だめだね」の意味）。入院二日目のことだった。

このままになってしまうのか。

しばらく眠り続けた母は、やがて目を覚まし、けれど身体は寝たきりのまま動けない。

三日目、実家で待つ父に変化のない母の様子を伝えると、突然父は大粒の涙を幾粒も流して泣きだした。その涙をハンカチで拭いている私がいた。こんな日がくるとは思っていなかった。生まれて初めて父の涙を見ることになった。

日々、驚きの連続だった。

父も母もかわいそうだった。

特に父の母への強い想いに胸が締め付けられた。


昭和三十年、二人は結婚し、それはそれは長い歳月を共に歩んできたわけである。一緒になってからの六十二年間、その長い歳月の間には、どれほど多くの出来事があったことだろうか。

昔人間の父だから、その間、母に「愛している」だとか「綺麗だね」とか、そういった言葉を捧げたことは皆無だったことだろう。

けれども、こんなにも父は母を心から愛していたということを、その後私は感じていくことになる。


母の入院中、父は「もう一度、もう一度、あの家でお前と楽しく楽しく暮らしたいんだ」と、寝たきりの母に必死に訴えかけていた。

父はそんなふうに思っていたのか。

きっと母に向けて、今までそう言ったことはないだろう。

父は母と暮らせて幸せだったのである。思いがけず父の本心を聞くことになった。

それと同時にそんな父のことがかわいそうでならなかった。父は本当に必死だった。

母の身体が動かなくなったのは、老々生活によるストレスなのだろうと私は思っていた。

家のことは全て母が任されており、父は家事いっさいができない。父がこぼしたコーヒーも母が拭くといった具合。冷蔵庫も開けたことがない。

そしてまた、父も年をとり、ほぼ家にいるようになったせいか、母がどこかに電話をしているだけでも「誰と電話をしているのか」と、その都度怒ったように訊くようになっていた。

母はといえば、足が弱り一人で自由に外出もできなくなっていた。そのため、家にこもりがちだったわけだが、家の中でも自由がほとんどなくなっていた。

ある日、実家で母と話す機会があり、

「私が連れ出すから、しばらくどこかで療養してはどう?」

と聞いたことがあった。

けれども母は、首を横にふり、

「お父さんをおいてはいかれない」と言っていた。

そしてその目は淀んでいた。

その目を見た時、母に大きなストレスがかかっていることを感じたのだった。

かわいそうでならなかった父に、私は「ママには家に帰る話を今はしてはならないんだ」と言わざるを得なかった。

それはとても辛いことだった。その時はとにかく母を回復させることだけを考えるようにしていた。

そう、そしてそれ以降、父と母は共に生活をすることはなかった。母の完全回復は見込めない。退院しても母は介護される身となる。私も毎日は通えないのが現実である。父のことは今まで全て母が世話をしていた。今までの父は母の支えによってきちんと暮らすことができていた。父は母に寝ているように言うだろうが、母はきっと父のことが気になり、「やらないと」「やってあげないと」という気持ちになるだろう。

弱った身体にムチを打つようなことをし続けると、人間は途方もないストレスに押しつぶされる。そんなことをしたら母は今度こそ死ぬことになるだろう。父のことはかわいそうだったが、母を家に帰すわけにはいかなかったのだ。老々介護は無理なことだ。

しばらく寝たきりの入院生活を続けると、母は、なんとか起き上がることもできるようになった。ベッド脇の柵にぐっとつかまり起き上がる。それには相当な力が必要とされるが、母は精一杯起き上がろうとした。

それもこれも入院先の看護師さんの献身的な看護のおかげである。

毎日病院に通ったが、いつも看護師さんが声をかけに来てくれる。母の歩行練習のためである。

全く寝たきりだった身体が、つかまった状態だとしても自分の力で起き上がれるようになるには、大変な努力が必要だっただろう。

看護師さんがかわるがわる母を歩かせにやってきてくれる。そのおかげで母は入院後三週間でトイレまで行けるようになった。もちろんまだ看護師さんに、もたれかかりながらだったが。

人間は自分の力でトイレに行けるかどうかで生活形態が大幅に変わってくる。リハビリの力はすごいものだなあと改めて感心した。あの時の病院の方々への感謝の気持ちは言葉では言い尽くせない。

当時八十五歳の母もよく頑張ったと思う。

入院中、母は「また元通りになると思うよ」と私に言っていた。すごいと思った。冷静で懸命に、長い人生を乗り越えてきた人である。

「元通りになる」それを聞いた時、私もそうであってほしいと願っていた。

父の異変

そんなある日の早朝、父から電話があった。

「ジャムパンを買ってきておくれるう」

こんな朝早く、父から電話があるということ、またしてもこれはただごとではないと思い、即座にジャムパンを買い、実家にかけつけた。かけつけたといっても一時間はかかる。行ってみると父の顔から血が流れていた。左目は大きくふくれあがり青あざになっていて、自分のハンカチを濡らして顔にあてていた。聞くと昨晩、裏門が閉まっているかを確認するために外に出た際、家の前で転んで顔から落ちたという。そして這うようにして家の中に入ったそうだ。

そうだった。父の生活も考えなければいけない。

洋服を着たまま父は一晩、耐えていたのだ。

洗面所の蛇口は開いたままで、水が出しっぱなしだった。

「パパ、この状態は普通ではないから病院へ行きましょう」

私は父の肩に手を置いてなでずにはいられなかった。

私は思わず母の入院している病院に連れていったが、脳外科がなかったので脳外科のある病院を勧められた。私もかなり動揺していたのだ。

脳外科のある病院……どこにあるのか見当がつかない。その時の私は混乱していた。

待合室で心細げに私を見ている父。その顔は赤く青くふくれあがっている。

これはもう再度実家に帰り救急車を呼ぶしかない。というより来ていただこうと思った。またもや救急隊員の方々に助けてもらった。父を丁重に扱ってくださり、首にギプスのようなものをあてて、脳外科のある病院に運んでくれた。隣町の病院に到着した時は少しほっとした。私一人では父を抱き上げることもおんぶすることもできない。

検査を終え、手当てをしてもらった父は車いすで運ばれてきた。父は「ここはお母さんの病院だね」と言っていた。違うのである。その時の検査で父の脳に水がたまっていることがわかった。父はすでに認知症になっていたのだろう。父のけががはかなりの重症に見えたが、その病院には空きのベッドがなく、父を連れてただ家に帰るしかなかった。

父は、嫁にいった娘を引きとめてはいけないという思いが強く、その思いがさらに強くなっていたので、私を実家に泊まらせなかった。母の入院後、よくわかったことは、父はかなりの心配症でそれもまた今回のことで更に、そうなっていた。私を自宅に帰らせて自分の家の鍵をしめるまでは落ち着くことができなくなっていた。

私は、母の病院に通いながら、父の生活も整えていくことにした。

母の入院直後に介護保険の申請はしておいた。その結果は、父は要介護1。母は要介護5だった。

その結果から介護保険を受給できることはわかったのだが、どこにどう申請すればヘルパーさんに来てもらえるのか、わからなかった。そんな中でその時の民生委員の方がとても頼りになってくれて、近くの介護事務所と契約ができるようにてはずを整えてくれた。あの時の民生委員の方、実家に通ってくれたヘルパーさんに対しての感謝の気持ちも忘れられない。

思えば、父は九十二歳なのである。よくぞここまで母を守ってきてくれた。すごいよ。パパ。

だが私には、その当時の父に感謝する余裕はなかった。

父は日に日におかしな言動、行動をするようになっていく。

私は、何かの手続きの時に認知症の診断書が必要と思い「この間、頭を打った時に行った病院で改めて検査をしてもらおう」と誘ったのだが、父はそのような時は非常に過敏になり、「なんで行かなきゃならないのだ」と抵抗され、どうしても連れていくことができなかった。しかし、血圧を下げる薬はもらいにいくという。しかも母の入院する病院でというのだ。そこには脳外科がなく認知症の診断書はもらえない。父の血圧の診療を終え、薬局へ薬をもらいに行く際、「ここで動かないで待っていてね」と言っても、私が戻った時には、父はいなくなっていた。

慌てて捜すと、駐車場にある私の車の周りでうろうろしているのを発見した。迷子になった子どもを見つけることができたような感情だった。

父のそんな状態を目の当たりにすることが多くなるにつれて、何が起きようと覚悟もできるようになっていった。そう、覚悟だ。親の老いに直面する覚悟。それが徐々にできてきていた。

親が亡くなることも悲しいが、その前に起きる悲しい状況も、また現実として受け止めなければならない。

父の状態は悪化していき、家に通ってくれるヘルパーさんに「娘は家をのっとろうとしているんだ」とまで言うようになっていた。

高齢者のいわゆる認知症というものにはいろいろな種類があるように思う。

今まで生きてきた何もかもを忘れる場合もあれば、ところどころを忘れて、一部は覚えていることもある。あるいは今までとは、まるで違う人格が出てきたりなどといろいろなパターンがある。

私は父が四十歳の時の子どもで、かなり世代も離れていたからか、私がよく泣く子どもだったからか、父は私を叱ったことがない。いつか怒られそうで怖そうだという思いはずっと持っていたが、父はずっとずっと私に優しかった。

小学一年の頃、私は、とある同級生の男の子にあてた年賀状に「私はあなたのことがきらいです」と書いていた。その年賀状を発見した母が驚き、どう対処しようか困っていた様子の時、ちょうど父がそこにやってきた。

私は相当怒られるだろうと歯をくいしばっていた。すると父はニコニコしながら「みやちゃんは、そんなにこの子のことがきらいかね?」と尋ねてきた。

「うん、きらいだ」と言う過激な私に、父は「そうかそうか、そんなにきらいかね。だけれどもこの年賀状は出さん方がいいね」と満面の笑みで言い、その場を去った。

母には「年賀状というものは生涯残るものだからこういうことを書いてはいけない」と言われたのであるが、あの時の年賀状は本当に出さなくてよかったとつくづく思ったものである。

私がご飯を食べていると父は「みやちゃんや、うまいか?」と嬉しそうによく聞いていた。

中学生の頃は、「みやちゃんや、学校はどうかね？」と毎日ニコニコしながら私に聞く父だった。私が十八歳で運転免許をとり、父の車を借りて夜中に乗り回していた頃、ある時、帰宅すると父が家の前でじっと待っていた。私が帰ってきたのを見届けると、怒りもせずニコニコしながら家の中へ入っていく、そんな父だった。

苦しかったことも辛かったことも笑い話にしてしまう父だった。おもしろくて優しい父だった。そんな父が娘の悪口を言うわけがない。それともそんな父に私は優しくなかったからか、様々な思いが立ち込めて辛い気持ちになりながらも、当時の私は「何があろうと、うろたえてはいられない」と思い、心の軸をそこに持っていって頑張るしかなかった。


入院中に受けた審査では母は「要介護5」だったから、一番重い判定である。

一人で歩けるようにはなれない。私にはそう見えていた。自分でトイレに行けない以上、退院しても自宅に帰すわけにはいかない。冷蔵庫を開けたこともない父が母の介護ができるわけはない。何から何まで、家のこと、父の身支度の全てを母が行っていたのだから。父は「もう一度ママと楽しく暮らしたい」と必死に訴えかけていたが、三週間たった頃には、私も心を鬼にして、母を高齢者の介護施設に入居させる話をした。

父はずっと反対をしていた。どうすることもできないとわかっていても母と離れたくなかったのだ。今までの父ならきっと納得したのだろうが、父もまた普通の状態ではなかった。心のどこかで、今離れたらそのままだとわかっていたから。母と離れて暮らすことが辛くてたまらなかったのだ。

そんなある日、父は母の入院している病院に行って「退院はさせない」と言い放ってしまった。

父の職業は弁護士である。

父は長年、人と人との仲裁に入り、話をまとめてきた人だ。

常に冷静に物事を見極め判断し、どんな状況においても怒りを他人様にぶつけるようなことをしたことがない。

看護師さんに「もう決まったことなので」と、母の退院について説得され、なだめられるようにして父は帰ったそうだ。

想像しがたい父の姿である。

他の臓器と同じように脳も明らかに老化する。

父の状況は感情をコントロールできなくなった脳と精神の老化の現れだったのであろう。人によって症状の出方は様々であろうし、専門家の見方とも違うかもしれない。しかしながら、父を長年見てきた娘の私から見たその時の父は、身体と共に当然起こり得るであろう脳が老化した姿だった。


九十三歳となった父はまだ車の運転をしていた。

父の血圧の診察に行くたび、私は主治医に「運転しないように言ってください」と頼んでいた。言われても運転をしてしまう父がいた。私は誰かになんとかしてもらいたかった。言うだけでは解決にはならなかったが、私には言うことしかできない。もう無理だ。それでも投げ出すわけにはいかない。

母が倒れる数年前に、私は度重なるストレスの積み重ねで不眠症となり神経が衰弱していた時期があった。睡眠は神経を休息させるので睡眠不足及び不眠は神経が休まらない。神経が休まらないと神経が弱る。弱ると通常できていたことが容易にできなくなる。

車の運転は普段は何気なくしているようでいてかなり神経を消耗する。ストレスがかかっているのだ。だから、神経の弱った高齢者が運転するのには無理がある。

今まで長年にわたりできていたことができなくなっていることを信じたくない。そこで無理をする。しかし、それは非常に危険なことである。

また、自分の力でなんとかしなければと頑張る人ほど運転をやめられないのではないかと思う。

五十代の私でも不眠症で神経が衰弱したことにより、その頃車の運転が全くできなくなっていた。その時、運転ができないと思ったのは、しない方がいいということに気づくことができたから。その恐怖を理解できたからである。

気づくことがない場合、そして神経が弱った高齢者の車の運転は非常に危険である。しかしながら、それを止めることは他者にはできないということ、その現実をもっと世の中が知って見つめることと新たな法律を作ることが命を守るための重要な課題であると私は考える。そして足腰の弱った高齢者の移動手段を考えなければならないと思う。また自動運転の発展に望みをかけたい。

ストレスとは神経が衰弱することをさすのだと思う。

全身に目には見えない神経がはりめぐらされていて、骨や筋肉と同じように、その神経によって、人間は立ち、動作をしているわけだから。

足の骨が折れると立てないように、神経が衰弱しきると、人はやはり立てなくなるのではないか。

専門家ではないが、神経の病気をした私から見ると、母が胸から下が全く動けなくなったその症状はストレスによるものと、すぐに思った。

母についた病名は、動けなくなった三日前に起きた「尻もち」となった。

そういった病名がつきながらも、周りの看護師さんには全てがわかっているようにも見えた。

母が入院した直後に、母はもうあの家で生活することができないと確信していた私は、母が入居するためのサービス付高齢者介護施設を探していた。

母がそこに入居したら私はちょくちょく通うのだろうから、自宅方面がいい。そう思い、千葉の自宅近辺で施設を探した。

施設での生活は、母にとって一つの社会であるから、人との交流が持てる、それでいて、プライバシーもあり、介護士さん、スタッフの方の見守りの手厚い所……。見つけた！

叔父の介護の手伝いをしていた時、初めて聞くいくつかのワードがあった。

その中の一つに「デイサービス」というものがあった。耳なれない単語だった。

デイサービスとは、通所介護とも言い、高齢者が集まり、ヘルパーさんの見守りの中、参加者同士がお遊戯などのレクリエーションで交流を持ったり、リハビリをしたりする所だ。

単独の建物にある場合と施設の中にある場合があり、居住する施設の中にあるデイサービスを利用したい場合は、その施設のある住所に住民票がなければならない。

私は移動が楽な、施設内にデイサービスがある所に決めた。

となると、当時東京都葛飾区にあった母の住民票を千葉に移す必要がある。

介護の世界はそういった、お世話になるまではわからないことだらけだった。

母のために準備したサービス付高齢者住宅には各部屋に洗面台とトイレ、クローゼットが設置されており、その他必要なものは自由に用意する。

カーテンやベッド、タンスやテレビ、冷蔵庫に電子レンジ、テーブルにいす。それらを用意して母が入居したらその日から「生活」ができるようにしておいた。

リハビリにより、つかまり立ちができるようになった母を介護施設に移動してもらったのは、平成二十九年十二月七日のことだった。

動けなくなり入院し、ちょうど一カ月たった日のことだった。

施設では、要介護5の高齢者が入居するということで、今まで見たことのないような、首までの背もたれ付き車いすでのお出迎えだった。

母が施設に入居

施設では入居翌日から早速デイサービスへの誘いがあった。母の場合は週二回、ヘルパーさんが上手に仕切って進めてくれる。

その施設では午前中に、いすに座りながらの体操も行われていた。

しばらくの間、入院生活でベッドの上で過ごしていたことの多かった母にとって、なかなかしんどそうであったが、のちにそれらデイサービスの活動や体操がとてもいい方向にむけてくれることになる。

根っから真面目な母は、言われる通りに日々それらをこなしていった。すると間もなく起き上がっている生活に慣れていった。

その施設では高齢者の生活というものが実によく考えられており、感心させられることが多かった。食事も部屋にこもってしまわないようにと食堂へと導き出してくれる。席も決められており、とまどわないで済む。食事内容も栄養のバランスがとられているので安心だ。

母の弟である私の叔父も、その半年前に介護施設に入居しており、その様子も見ていたのでだいたいの仕組みはわかっていたことだが、改めて介護施設のありがたさを実感した。

なにしろ自宅ではバリアフリーになっていないから、車いすや歩行器で動き回ることが難しい。

車いすの状態で、そして要介護5で入居した母はみるみる回復していった。最初は参加するのをおっくうがっていたデイサービスへの参加も楽しみに変わっていった。それもヘルパーさんがとても上手に関わってくださるからである。

娘の私ではそうはいかないだろう。

あれほど何でもできていた母が「できなくなっている」ことへのいら立ちが募り、

言葉も強めになっていくことだろう。

ヘルパーさんの配慮は素晴らしい。けっして自尊心を傷つけることなく、その上やる気や自信までつけてくれる。

いつも私は施設のスタッフの皆さんには頭の下がる思いでいる。本当にありがたいことである。スタッフの皆さんは明るくて優しい。母の話もよく聞いてくださる。母はそこで友達もできて、施設での居心地がどんどんよくなり、それと共に身体の状態もよくなっていった。

もともと倒れたのは精神的ストレスが原因だったと思うので、そのストレスが減り動くことができるようになったため、要介護1にまで回復した。母の場合はストレスからの回復だったのである。すっかり車いす生活ではなくなり、歩行器を使えば歩けるようになった。

トイレも自分一人で行ける。軽い運動もできるまでになっていった。

父の方はというと、母の退院の日には移動のための介護タクシーに一緒に乗り、母の入居する施設へと共に向かった。

首まで背もたれのある大きな車いすに乗せられ運ばれていく母の姿を父は心配そうに見つめながら、車いすの横に並んで歩いていた。父にとっては悲しく、そしてほっとした気持ちにもなった一日であったことだろう。

実は私は、その日までに父も同じ施設に入居できるように、父の部屋も契約を済ませておいた。父のための机も介護保険で借りられるベッドも準備しておいた。

母の入居する施設は当時オープンして間もなかったので、母の向かいの部屋があいており、父にも入居してもらって、ヘルパーさんに介護してもらいながら、共に生活もできるような状態にしておいた。

母の入居が済み、今度は父の部屋に父を案内した。そう、そのまま父を入居させようとしていた。部屋から見える景色を見せて、「綺麗でしょう。ここでパパも暮らそうよ」とできる限りの説得をした。

父に一人暮らしができるわけがない。

父は父のために用意した施設のその部屋を見て、とても嬉しそうに喜んでいるように見えた。

しかし、「今日は帰るよ」と言ってタクシーで帰っていった。

翌日、私の携帯に電話があり、非常に怒っていた。「あんなところにはいかないよ」と、前日の父の嬉しそうな様子から一転していた。

人間対人間、親対子ども。そして父の脳は老化が始まっている。思い通りにことが進むはずもない。

母は施設での生活に少しずつ慣れていった。もともと人と接することは好きな方だった。

病院に入院中に、施設への入居の話をした際、「お母さんね、交流をもちたいの」と言っていた。その言葉を聞いて、サービス付き高齢者向け住宅への入居が望ましいと思ったのだった。

かたくなな父

一方、父の方は、近くにいた母が遠くに行ってしまったようで、さらなる寂しさと共に警戒心が強くなっていった。

父はこんなにも怖がりな面があったのか、高齢になったからか、鍵を閉めたくてたまらない。なのに人がくるとインターフォンには出ず、いきなり玄関を開け、招き入れてしまう。

昔は書物が高く売れたようで、初めて見えた男性の介護士さんを、本を買い取りに来た人と思ってしまったり、次には昔からつきあいのある古本屋さんを家に呼び、本を渡したのにお金を受け取らずにいたりといった状態だったので不安でならなかった。

けれども私には限界があった。四六時中、父につきっきりではいられない。

在宅介護のヘルパーさんには、毎日、午前と午後と二度、自宅にいる父の様子を見に来ていただく手続きをしていた。

そのことについて父は抵抗せず、むしろ喜んで受け入れていた。在宅介護のヘルパーさんにも本当に助けられた。

父は毎日のヘルパーさんの訪問に楽しみを得られるようになっていた。

週に一度の割合で実家から父を車に乗せて、母の施設に連れていった。

あれほど母の入居を反対していた父も、母の様子を見て「ここはいいところだね。ここで療養すれば長生きできるよ。本当にね」と何度も言うようになっていた。

それでも自分は施設には入らないという。「お金がかかるから」と。

帰りは、施設から実家へも送らなくていいと言い、私に負担をかけまいとして毎回タクシーで帰っていった。

真っ暗な家に着いて電気をつけていた父はどれほど寂しかったことだろう。

今、思い返すと胸が締め付けられることがたくさんある。

母が入院してから、お風呂に入らなくなった父もヘルパーさんの言うことは聞いていた。ヘルパーさんが手を尽くして父にお風呂をすすめて入れてくれる。

父は肉親の私にはわがままを言うが、ヘルパーさんには気遣いができることが救いだった。

ヘルパーさんは午前と午後に食事を作ってくれる。掃除もしてくれる。話し相手もしてくれた。その頃の私にとって女神様のような存在だった。大変お世話になった。本当にありがたかった。

それでも父は、やがて寂しさが募っていく。夕方になると寂しくてたまらなくなると言う。

だいぶ回復してきた母に、毎晩七時に自分に電話をするよう依頼していた。それが一日でもないと、父は翌朝には施設に電話して母の生存確認をする。

晩年の父にとって、母は妻であり母親だった。

長い人生で奇跡的にも互いに長生きをし、長い歳月を共に過ごしてきた母の存在は父の中でなくてはならない、この上なく大きな存在だった。母を強く愛していたのだった。

私はこれまでにないほど、父と時間を共有しながら父の母に対する深い愛情をひしひしと感じていた。

少年時代の父

大正十四年五月五日、父は愛知県の豊田市でこの世に生を受け、なかなかの裕福な家で長男として育った。父親（私の祖父）は非常に人のいい性格だったようで、しかし困ったことに人に頼まれるとお金を貸してしまう。それを回収することができず、一家は没落したという。その上、家族をおいて家を出てしまった。

父が小学五年生の時に突如父親が不在となり、一家は貧乏のどん底を味わうこととなる。それを機に少年であった父は「遊んでばかりおってはいかん。勉強をせねばいかん」と思ったそうである。その時、父、勝少年は思ったのではないだろうか。人に情けをかけた自分の父親が人に助けてもらえることなく没落していく姿を見て、悔しい思いの中、そういう人を救ってあげたいと。

そして救える大人になるために「勉強だ」と思ったのではないだろうか。

小学校を卒業すると勝少年は町に出て、お給仕をしながら学校に通い勉強を重ね、その頃から司法試験合格を目指した。そののち、弁護士になれたのは「おばあさん（私の祖母）のおかげ」と常々言っていた父。

当時は、長男が家の手伝いをせず勉強ばかりしていると、村人たちから冷たい目で見られる時代。その中で周りの目をものともせず勉強をさせてくれた母親。

父親のような人を救うため、そして母親を守れる人になるため、父は弁護士になろうと強く心に誓ったのではないだろうかと私は思う。

その気持ちを父は生涯、口にすることはなく、なぜ弁護士になろうと思ったかとの娘の問いにおもしろおかしく答え、いつも笑っていたのだった。

父親が家を出ていってしまった時の勝少年の落胆は相当なものであったことだろう。きっと愕然としてこの世のこととは思えなかったはずだ。

父は「家族が途方にくれるようなことは絶対にしてはならん」とよく言っていた。

自分を途方にくれさせた父親を恨んだこともあっただろう。

しかし、勝少年は貧乏でも母親と弟妹たちと笑って過ごしていられることが幸せだと思っていたようだ。

苦境を悲観しない父のそういった考えが、私は好きであり、尊敬している。

父は晩年、祖父が描いた墨絵を自分の部屋に飾っていた。恨みながらも父親を想っていたのだろう。


昭和十六年、日本は第二次世界大戦へと突入していく。

やがて、二十歳を迎えようとしていた父にも赤紙が届く。召集令状である。父は戦地へ赴くこととなる。その時の父の落胆もまた、いかばかりであったことだろう。父はむごい戦争を目にしたであろうが、その多くは父から語られることはなかった。

終戦を迎えたのちも、父はしばらく日本に帰って来られなかったとのことだ。

ようやく帰還できた時の父は、「これでやっと勉強ができる」と思ったそうだ。心を躍らせ帰還地の博多から愛知へ向かう列車の中で、父はどんなに故郷を思ったことだろう。どんなにか家族と再会できることに喜びを感じたことだろうか。そしてまた、父の母親はどれほど父の帰還を待ちわびていたことだろう。

二十二歳となっていた父は、周りに「今から勉強しても遅い」などと言われていたそうだ。

けれどもそれに屈することなく、母親に守られながら猛勉強をし、独学で大学卒業の資格をとった。当時、その資格は「誰も受からない資格」と言われるほど難しいものだったと、叔父から聞いたことがある。さらに父は独学で司法試験にも合格したのだった。そして父は弁護士となり、東京に出てきた。「これからは東京に出なきゃいかん」と思ったそうだ。二十五歳の時である。

当時の東京を見て父は何を思ったことだろう。

昭和二十五年、戦後間もない東京である。

人々は凄まじい勢いで日本の復興を目指していた頃である。

日本は高度経済成長期に入り、父もまたその中を走り続けたことだろう。結核という、当時はまだ治りにくかった病と闘いながら。

父と母の出会い

その東京で、いそ弁（居候弁護士）をしている時、その事務所で働いていた母と出会い、昭和三十年に、父と母は結婚する。

父、三十歳　母、二十三歳。

人生の絶頂の時であったことだろう。

東京では、まだまだ住まいを探すのは大変だったそうだ。

父と母の結婚生活は墨田区の、共同トイレ、共同炊事場の四畳半一間の生活から始まることとなった。

壁はボロボロと剥がれ落ち、それを自分たちで修繕しながら住んでいたそうだ。

それでも、父は嬉しかったのではないだろうか。母と一緒になれて輝きの見える未来に希望を託したのではないか。

一階の四畳半一間から同じ建物の二階の六畳間に引っ越しができた時は、それは嬉しかったそうだ。世の中にエアコンなど到底出回っていない時代、夏は暑い。その暑さの中で暮らすことが当然の時代である。家にお風呂がないことも、珍しくない。母は銭湯に行き、父は近所にある母の実家にお風呂をもらいに行っていたそうだ。

そんな平穏な日々を過ごしていたある日。父が突然、頭が痛いと言ってそのまま意識不明となった。

大変だ。

母はどんなに慌てたことだろう。母の実家に住んでいる弟たちに連絡をして、父を布団にくるみ、二階から下ろしてもらい、当時の寝台車で病院に運んでもらったという。

父は三日間、目覚めなかったそうである。

母はさぞや不安だったことだろう。

新婚の母は、父の生死の行方を見守ることとなった。

愛知にいる父の弟たちも鈍行列車に揺られながら見舞いに来てくれたとのこと。当時は新幹線もなく、それは長旅だったことだろう。

三日たったある朝、父はふと目を覚まし言ったそうだ。

「ひずるい」

これは愛知の方言で「まぶしい」の意味にあたる。

母は父の声を聞いて、目を覚ましたはいいが、どうにかなってしまったのかと思ったそうである。

またしても見事、生還を果たした父であった。だが、瀕死の重傷からの目覚めである。父の心は折れていた。母に「東京はいかん。田舎に行く」とつぶやいたそうだ。

そのため父と母は、父の故郷の愛知へ療養に行くこととなる。

そして二年間の療養生活を経て、再び父と母は東京に戻った。

そこから東京葛飾区での生活が始まることとなる。

世の中は高度経済成長期が続いていて、父は再び、その波にのることができたようだ。運の強い人である。

父と母は七年の間、子どもができず夫婦二人の生活が長かった。映画へ行くのも一緒、父が運転免許を取得するため教習所に行く時も一緒、裁判所に行く時も母はついていったそうだ。そんな中、父が三十七歳、母が三十歳の時に待望の第一子を授かる。私の姉、長女の利枝子である。その三年後に私、次女の美也子が生誕した。

姉は小さい頃からよく勉強をしていた。

長女らしい人だった。

長女らしく頑張っていたのではないだろうか。目には見えぬけれども言葉の端端から感じられる父からの期待は大きいものだったのだろう。その期待に応えるかのように、姉は国立の中学、高校へと進学した。そして東京大学へと進む。

戦争と貧困にはばまれ、帝国大学（現在の東大）に進むことができず、独学で勉強した父にとって、姉の東大合格はさぞや嬉しかったことだろう。

そしてまた、その姉が五十一歳で病死した時はさぞや落胆したことだろう。

平成二十六年三月五日のことだった。

病室から葬儀場へ向かう時、当時八十九歳だった父と八十二歳だった母は、実に気丈だった。

葬儀場に行く前も、病院のレストランで父はカレーを食しコーヒーを飲んだ。その時、私は父と母の強さを改めて感じていた。

父は泣くこともなく、「みやちゃんも姉妹《きょうだい》がいなくなってしまったねえ」

そう言っていた。


姉が亡くなってからも父と母は仲良く暮らしていた。げっそりとうちのめされて倒れることもなく平穏に暮らしていた。時々実家に顔を出して、私が「寂しい？」と父に聞くと「寂しくないよ。一緒に暮らしていたわけじゃないからね」と、笑って答えていた。子どもがほしくてたまらず、けれど七年にわたり授からなかった夫婦にとって、姉は待望の第一子。

どれほどの愛情をそそいできたことだろうか。その死は実に耐えがたいことであっただろう。

寂しくないわけがない。父は悲しみをぎゅっとにぎりしめていたのだ。

そんな気丈な父が母の入院で、もしかしたら母はもうだめかもしれないとなった時、娘の前で大泣きをしたのだから、年老いた父にとって、どれほど辛く悲しいことだったか計りしれない。

それもそうだ。年をとっていたのだから。

どんな苦境も乗り越えてきた父。

私にとって父は大きく力強い存在だった。

外見は、さほど変わりなく生きてきた人だが、いつのまにか九十一歳にもなっていたのだから。

今にして思うと、あの時、他に方法はなかったかと、胸が痛む時がある。

できれば父と母を同じ施設に入居させてあげたかった。

認知症が進行する父

母は施設の生活にどんどん慣れていき、元気になっていった。不思議だったのは施設に入居する前の病院での記憶がほとんどなくなっていたことである。ところどころしか覚えておらず、だからといって認知症にはなっていないようだ。

父は平成二十九年十一月から実家で冬を越し、春を迎えても変わらず母のいない生活を頑張っていた。ヘルパーさんが来てくれることは喜んでいたが、ヘルパーさんのいない時の行動は徐々におかしくなっていった。

寂しさで人を呼びたくなるのか、証券会社の人を以前のように家に招いてしまう。

私にとって「以前」と「今」の父は別人のようになっているのだが、父本人は、以前に記憶していた行動を起こしてしまうのだった。今はもう証券の取引ができる状態ではないと言っても本人は納得しないだろう。

だから、私は証券会社に父から連絡があってもうまく断ってくれるように直接頼みに行った。

しかし、数日たってその証券会社の人から怒りの電話があったのである。

父から、やはり電話があったそうで、その人は「家族のことは家族でやってくれないと困る」と声を荒らげて言うのである。私は謝るしかなかった。

冷たく社会から突き放された気がした。

ある時は散らかした自分の部屋を見て、「泥棒が入った」と警察を呼んでしまったこともある。また、いつもの銀行に行っては「通帳が紛失した」「妻と娘が通帳を隠した」と、何度も申し出ていたようだ。

認知症には様々な症状があるが、仲の良かった家族を急に敵視するようになったり、今までとは考えられない言動をしたりする。


そんなある日、実家の近くに店舗がある車の板金屋さんから私の携帯電話に電話が入った。

私が出ると「ああ、やっぱり娘さんの番号だったんだ」と、その人は言う。聞くと父とその板金屋さんとは以前から知り合いのようで、父は毎朝その人のところに行くらしい。父は自分で車を運転して銀行に行き、またさらには、その板金屋さんの車に乗せてもらい、銀行に行き、通帳がないので再発行をしてほしいと願い出る。それを繰り返していたようだ。その様子を見て板金屋さんは父の机の上にあったメモ書きに記されていた私の携帯らしき番号に電話をしてくれたのである。

途方にくれた。

車は運転しない約束をしたはずだった。

父は人に頼られることはあっても迷惑をかけるようなことはしたことがない。

家族に対してもいつも冷静で優しく頼もしい人だった。

ショックだった。私は身体が震えて立ち上がれなくなってしまった。

家族を守る立派な人だった。頼りになる父だった。

父はどうしても車を運転してしまう。誰が止めてくれるのか。「危ないから運転しないように」何度も言い続けてきた。主治医にも言ってもらった。それでも動く身体を持つ本人は聞き入れることはなく。いや、父が聞き入れないのではない。誰にでも起こり得る脳の老化によるものだ。

あの時、三年前のあの免許更新の時、あの時止めておけばよかった。後悔しても仕方がない。

私一人では、どうすることもできなかった。

それでも娘の私がどうにかするしかない。しかし、どんなに頑張ってもどうにもならなかった。

私は悲しくて疲れ果てていた。

その電話があって三日後、父から電話があった。

「お父さんねえ、具合が悪いんだよ」

私は、すぐに「ママの施設に入ろうよ」と言った。すると父はいつものように「だめだ、だめだ、お金がかかるから」と言うのである。

そこで私はとっさに言い方を変えてみた。

「それなら、療養所へ行きましょう」

父は「ああ、そうだね」と嬉しそうに答えた。

父の中でも限界に達するものがあったかのようだった。その「療養所」という言葉に安心したかのように、父は家から移動することを決めてくれた。

父の決心

私は、すぐさま当日に受け入れてくれる施設を探しに家を飛び出した。父の気持ちが変わってしまう前に、何が何でもこの日に父を施設に入居させなければならない。

母の施設では当日の入居は受け入れてもらえなかった。仕方がない。別の施設に向かった。満室だった。

次に向かった施設では、そこは満室だが当日入居ができる同列の施設を探してくれるという。

その間、さらに他の施設をあたってみようとしたところ、先ほどの施設から連絡が入った。それは当日入居可能な施設が見つかったという知らせだった。

聞くとそこは、葛飾区の隣の江戸川区だった。実家から近い。しかも新築だという。母とは別の施設だったが、父も高齢者施設に入れるかもしれない。

わらをもつかむ思いとはこのことだった。

ありがたかった。

父を迎えに実家に行くことができたのは、夕方だった。父は私の迎えを待ちわびていたようだった。大事な通帳と印鑑をバッグに入れて、ポンと私の車に乗り、あっさりと家をあとにした。その時の私は、父が「療養所」へ向かうことを承諾したことにほっとしていた。

その施設の人からの電話で案内があった通り、指定の病院に寄り、父は健康診断を受けた。

言われた通りにしている父を見ながら、それはそれでせつない気持ちになっていた。

長い診察が終わり施設へと向かった。

外はすっかり夜となっていた。

施設では、四人くらいのスタッフの方々が出迎えてくれた。すがりつきたい思いだった。

施設長さんが懸命に父の対応をしてくれた。

父は新築のその施設の美しさに一瞬感動していたようだったが、部屋やホールに案内されていくと、だんだん不機嫌になっていった。

それは、これから始まる変化への不安からだったのだろう。

不機嫌になった父を、施設長さんは根気よく説得してくれた。

そこでは本人に貴重品を持たせないことになっており、父がかかえているベージュのショルダーバッグを私に渡すよう説得してくれたのだ。

父は、まるでダダをこねる子どものようだったが、手をいっぱいにのばし、私にそれを差し出した。

施設の人は本当にすごいと思った。こんなふうに「助けてくれる人」がいた。そんな思いだった。

父は何を言おうが私が娘ということは忘れていなかった。

大事なものが入っているあのバッグを渡すなんて、私のことをちゃんと娘として信頼してくれていたのだ。

一連の流れに私は驚いていた。

施設長さんから「娘さんは帰っていいです」と言われた時、私は、帰っていいの？この状態になった父を預かってくれるところがあるなんて信じられなかった。

翌日、施設に顔を出してみると夕食時に差し掛かっていたため、父はホールのテーブルにちょこんと座らされていた。

そばに寄っていくと、「なんだ、今ごろ来て」とぷんすかしていた。きっと不安な一日を過ごしていたのだろう。すぐに父の機嫌は直り、銀行の話をし始めた。

父がこうなる前までは、親子で銀行の話などしたことがなかった。

父にとって「銀行」とは、自分を守るため、家族を守るための場所であり、かけがえのない存在だったのだろう。

そして、そのまた翌日に施設に行ってみると父はホールのいすに座り、帽子をかぶっていた。父はすっかり自宅に帰るつもりで、私が迎えに来るのを待っていた。なだめると「なんだ。迎えに来たんじゃないのかあ」と連発していた。何度も何度も。

施設のヘルパーさんになだめられている父をあとに私は帰った。やるせない気持ちだった。

しかし、今までのように父を一人、実家においていくよりはずっといい。面倒を見てくれる人たちがいる。こんなありがたいことはないのである。

父は小柄なほうだが、男性なので力もあるし、私より身体も大きく、とても重い。私一人では父の身体を持ちあげるには力が足りないのである。主人や息子は、日中は仕事がある。それを中断させるようなことはしてはならない。

ここでは助けてくれる人がいる。本当にありがたかった。

やがて、父も施設での生活に慣れていった。

今まで父がボーリングをしたなど聞いたことがなかったが、施設での催し物の一環として楽しんだようだ。

施設の方々も、私が行くたび父の様子を聞かせてくれたりと、親切だった。

父も施設での生活を楽しそうに私に報告してくれるようになっていった。

いつも同じ話を繰り返しながら、元気に嬉しそうにしている顔を久しぶりに見ることができて私も嬉しかった。施設のスタッフの皆さんに感謝だった。

その一方では、高額な施設入居費用の支払いのため、父の蓄えたお金がどんどん減っていくことに私は心痛をかかえていた。

今、世の中にある高齢者の介護施設はほとんどが民間の運営であるため、どうしても高額になることは致し方ないと思うが、両親二人分の入居費用はかなりの額となる。

幸い、父には蓄えがあったため、当面の間は大丈夫とは思ったが、二人が今後、かなりの長生きをした場合どうなるのか。長生きはしてほしいが、いったいどのくらいの費用がかかるのか。私はその額を考えずにはいられなかった。

それでも介護施設の存在は重要なもので、私にとって、親の日常生活を支えながら自分の生活も守りながら生きていくためには、かけがえのないものとなっている。介護に関わるお仕事は想像以上に大変なことと思う。

ホールでは、人をどなりつけている高齢者の方もいた。母の施設でも、お世話をしてくださるヘルパーさんに対していつも大声でどなっている人がいた。父は声を荒らげることはしない人で、認知症になってもそれは変わらなかった。よかった。

父は優しくひょうきんな人で、施設でも人気者となっていたようだ。そんな父に感謝だった。

どうしても家族に対してだと甘えが出て、いら立ちからあたってしまうこともある。他人様にはそうならない理性が父には最期の最期まであったことにありがとうという気持ちだった。

空き家となった実家

母の生活も父の生活も一変したが、一旦落ち着いた。

さて、次には空き家となった実家をどうするか、私の中で新たな課題が持ち上がった。

父の家は平成元年に建て直しをし、現在の家となった。

建て直しにあたり、当時父は人生最後の家として、それはそれはこだわりを持っていた。

外壁を白いタイル貼りにしたい。それも職人さんが一つ一つ貼っていく施工だ。鉄筋コンクリート（パルコン）の造りで、基礎造りにも相当時間をかけ、やたら頑丈になっている。窓枠はどうしても白がいいと言う。

10畳ほどの父の部屋には、特別注文した机が置かれた。そしてピアノ。イギリス製のものである。父は夢だったのだ。両手で流れるようにピアノを奏でることが。

父の部屋には父の夢がいっぱいつまっていた。白く輝くタイル貼りの家は、父の人生の集大成だった。

その家に母と二十八年楽しく暮らせたのだから、いいほうだったのではないだろうか。

築二十八年となったが、頑丈に建てたその家は、まだまだ人が住める。また人が住まなければ家というのは朽ち果ててしまう。少し手入れをすればまだ長く住めるその家を、空き家のままにしておくにはもったいない。そして、朽ち果てた空き家はご近所にも迷惑がかかる。

私はその頃、その家をどうしたらいいか夜な夜な考えていた。

一軒家として人に貸すには賃貸料も高くなり、そうそう借り手がつくだろうか。何かいい方法はないだろうか。

ああそうだ、これだ！　シェアハウスにしよう。今の時代にはシェアハウスというものが存在する。現代の生活スタイルに合ったシェアハウスを造るんだ。父の最高にお気に入りの家を空き家で朽ち果てさせることなく、さらに輝く人の住む家として復活させるんだ。

そう思いついたのは、平成三十年年末のことだった。年末年始は世の中の大半は動いていない。その間、インターネットの世界でシェアハウスについて調べていた。シェアハウスの物件はどこでうち出されているのか？　人気度は？　どういった形態の家が好まれるのだろうか？　調べるほどにあの実家は少し手を加えればシェアハウスに適していると確信した。

ああ何だか頑張れそうだ。

あの部屋をああして、こうして、そうだ、二階にシャワールームを造ろう。ちょうどコピー室として使っていた小部屋がある。そこをシャワールーム、脱衣室、洗濯室にするんだ。

それぞれの部屋のクロスを貼り替え、一部屋ごとに鍵をつける。

そんな構想を練りながら、年が明けたらシェアハウスの運営方法を相談できる会社を探そうと思っていた。考えに考えながら、年が明けるのをじっと待った。

世の中が仕事始めとなり動き出した頃、シェアハウス専門のポータルサイト運営会社を二、三あたってみた。相談をすると手応えは様々だった。その中で「ここだ！」と思った運営会社があった。

そこは対応力が素晴らしかった。私には助けが必要だった。担当の方が私の実家を見にきてくれて、シェアハウスとしていけそうだということが確認できた。

家を蘇らせて素敵なシェアハウスにしたいという気持ちを受けとめてもらえた気がした。ありがたかった。

しかし、それからがまた苦難の道だった。何しろ実家の中を空っぽにしなければならない。次なる問題は片付けだ。

父と母二人暮らしだったので部屋はどの部屋も散らかってはいなかった。けれどもクローゼットや押し入れなどから大量の物が出てくる、出てくる。荷物を出していくと、あっという間に物の中にうずもれてしまった。

しかしどの部屋も片づけてきれいにすれば、いい部屋になるじゃないか。

その「片づけてきれいにする」までが果てしなく遠く思えた。父も母も生存しているのだから、全て捨ててしまうわけにはいかない。「いりそうなもの」と「確実にいらないだろうもの」に仕分けをする。その作業に気が遠くなった。泣きたくなる時もあった。

これは父と母が生きてきた証だから……なんて思っている場合でもなかった。どの道いつかは片付けなければならないものたちだ。大量の写真、本の山、何年も処分していなかっただろう洋服の山、バッグ、ベルト、ネクタイ。何十年も前に使っていたものなども出てきた。

確実に処分していいと思った物は、業者の方にトラックで持っていってもらった。もちろん費用はかかる。それでもそういった業者の方がいてくれて助かった。二回ほど来てもらった。

途中で何度かくじけそうになりながらも、前へ進もうと思っていた。

そして父の大切にしていた机とピアノはそのまま、シェアハウスで活かすことにして、荷物のなくなった部屋の改装が始まる。「あれをこうして、ここをこうして」を職人の方々に叶えていただき、令和元年四月、女性専用シェアハウスをオープンすることができた。

「まだ見ぬ五人の女性のかたがたへ」心をこめて食器や電化製品、家具や寝具を買いそろえていった。

その時間は私にとって楽しみとなっていた。

その後、無事に五人の女性にシェアハウスに住んでもらうことができた。彼女たちとの出会いは私の励みになった。そして現在も。当時、父や母にも「今は人に貸して、その人たちが住んでいるよ」と言うと安心したかのようだった。

やはり家は人が住んでいなければ輝かない。あの家では、住みごこちよく人に楽しく住んでもらいたい。父が生涯をかけて建てた家なのだから。

コロナ禍での面会

令和二年、世の中に突如未曾有のウイルスが発生し、コロナ禍となってしまった。父の施設は感染者が多い東京にあったので、特に感染予防を徹底していた。これもまたやむを得ないことであった。ありがたいことなのだ。しかしながら残り少ない人生の人々にとって家族との面会が何よりも楽しみであったであろうに、その機会を失うこととなる。面会に来ない娘を父はどう思っていたことだろうか。寂しい気持ちだったに違いない。

コロナ禍の話は施設の方々も説明をしてくれていたが、九十四歳となっていた父はどこまで理解していただろうか。世の中がコロナ禍であるということと、娘が面会に来ないことは、はたして結びついていただろうか。

東京の感染者の減少具合により、少しの時間であれば面会をさせてもらえる時期もあったが、その時でもマスクにフェイスシールド、アクリル板越しでは、耳が遠くなった父には私の声は届かない。会話がなかなか成立しない。そんな面会が続いた。それでも会えればいい。

父はいつも「よう来てくれたねえ」と何度も何度も言っていた。そして必ず聞くのだ、「お母さんは元気かね」と。

「元気だよ」と答えると、それはそれは嬉しそうに笑うのだ。

「元気ならいいや」と。

施設に入ってからの父はいつも笑っていた。どこかほっとしたように。

家を守り、家族を守り、老いていき、その中で母が倒れ一人暮らしとなり、気を張っていた父がまるでよろいをはずしたかのように、いつもやわらかだった。

昔のように優しい父になっていた。

認知症の症状はこうして変化するのだった。

父は自分の足で歩きたがり、施設の中で幾度も転び、救急車で運ばれて入院したことも二度ほどあった。この年齢で入院すると、そのまま歩けなくなり、もう退院してくることはないのではないかとも思ったが、父は復活していた。

一度目の入院では、コロナ禍のためなかなか面会ができなかったが、二週間がたった頃、主治医のお許しが出て面会に行くことができた。父はやせこけており、主治医からも「食べなくなってきているのでお看取りの準備か、胃ろうにするかお考えください」と告げられた。

その時の私から見た父の印象は、確かに目もうつろで若干、骸骨化はしているが感覚として、父が「死ぬ」ようにはとても思えなかった。食べないのなら食べるように言おうと思い、私は父の耳元で「出されたものは、とにかく食べること」と叫んだ。「食べることだよ」「また来るからね」と何回も言っているうちに、面会時間の十五分は過ぎてしまった。

翌日、病院に電話をしてみると、父は急に食べだしたと報告を受けた。

娘の私の一声がこんな効果をもたらすとは。

父の私への愛情を感じずにはいられなかった。

翌週になって、退院の許可が出た。

再度面会の許可をもらい、十五分の面会時間に「来週の火曜日に迎えに来るから一緒に帰ろう」と言っておいた。

退院の日、迎えに行くと、お看取りの準備はどこへやらで、父はすっかり入院前の状態に戻っていた。

車いすに座った父は病院の看護師さんの手を握り、「ありがとう。ありがとう」と何度もお礼を言っていた。

次に入院したのは、施設で思いっきり転んで頭を強打した時だった。

その時は、さらに感染者が増加してコロナ禍がピークだった時期で、全く面会ができなかった。父は確か九十六歳だったたか。

病院の先生も「このお年だから、もう退院は無理だろうね」と言い、当たり前のように覚悟しておくように言われたのであるが、それでも後日、病棟に電話してみると「入れ歯を持ってきてほしいそうです」と看護師さんは言うわけである。「本人はどんな感じでしょう?」と聞くと、「お元気ですよ」とあっさり言われ、その後も何度か電話しても「持ってきてほしいもの」のリストの話なので、主治医と看護師さんのお話に温度差が感じられた。もしかして今回もまた復活の巻? と私は思った。

そう、そして父は見事にまた退院したのである。

しかし前回と、この時で違っていたのは、この時の父は、見た目は元気そうだが、頭がもうろうとしているようだった。今までのことをどうやら何も覚えていなさそうだ。

一度目の退院の時のように、はしゃぐわけでもなく、私が迎えにきたことにも気づいていていない様子。

父に私のことを覚えているかと聞くと「覚えているよ」とは答えるが、自分がこれからどこに行くのか、今何をしているのか頭の中が空白になっているように見えた。

施設に着いてスタッフの皆さんが出迎えてくれても、父はぼーっとしている。

しかし、施設のスタッフの方々は素晴らしかった。そんなふうに、ぼーっとして無反応な父を囲み、「大丈夫よ。思い出すから」と言ってのけていた。

その通り、しばらくして施設に面会に行くと、いつもの父に戻っていた。

スタッフの方々の力と父の生命力はあっぱれであった。

生きていてほしいと思った。

コロナ禍が終わるまでは。


令和四年二月。父九十七歳。母九十歳。いっこうにコロナがおさまる気配がない。あまりにも長い面会禁止のさなか、父から電話があった。施設の事務所の電話を借りてのことだった。

「お父さんはねえ、ここで死んでもいいと思っているんだけどもー」

と言うのだ。

寂しいのだ。心の中で面会に来てほしいと言っている。コロナのことなんてもうわかるわけがないんだ。辛くて寂しいけれどじっと我慢している。その我慢の限界にきているのだ。私には父のその思いがよくわかった。

認知症だって、いろいろなことを忘れていたって、感情のある生身の人間だ。悲しいことも辛いことも、楽しいこともいっぱいあった。そう、あの苦しい戦後の復興をみんなで頑張ってきた。深い悲しみのどん底からこんなにも豊かな、世界に認められる素晴らしい日本になるまで、ずっとしっかりと歩き続けてきた。

一人一人の人生は重く、彩りに満ちている。その最後を箱の中に閉じこめられたままだなんて。なんとかして救い出してあげたい。

いつ明けるかわからないコロナ禍でじっと死ぬことを待ち続けるだけだなんて、このままにしておけない。

そうだ、父を千葉の施設に移そう。

私の住む千葉なら、東京よりも感染者が少ないし、千葉の施設に父を移せば面会ができるようになる。

私は自宅付近の施設の空き状況を片っぱしから調べた。

当時の私には、それ以外考えられなかった。

父にはもう時間がないんだ。来年の桜はもう見られないかもしれない。お世話になった施設にお話しして、思いきってそこを出ることにした。

引っ越しの日、迎えに行くと、父は大喜びだった。さあパパ、遠足だ。移動は私の車。車いす生活となっていた父が、嬉しそうに車に飛び乗った。

戦後の日本では自動車産業が発展し、世の中が車社会になっていく頃、「これからは車の時代だ」と言って、父は早くに運転免許をとりに行ったそうだ。

父は車がとても好きだった。

昭和三十一年頃、最初に購入したマイカーはタクシーの中古だったそうだ。だから後部座席のドアが自動で開いたというのだからおもしろい。手動で窓を開けていた時代からパワーウィンドウへ、フェンダーミラーからドアミラーへ、クーラーのない車から冷暖房付きの車へ。

時代を反映して自動車産業も発展していった。父は一生懸命仕事をし、私の子どもの頃には車検がくるたびに新車にしていた。

車が納車になった日の父のはしゃぎようは、今でもよく覚えている。父の楽しみだったのだ。そして年に一度は、家族で父の運転する車に乗り父の故郷に帰省していた。愛知は東京からとても遠い。その長い道のりを父は楽しそうに嬉しそうに運転していた。

子どもながらに、父がどんなに故郷を愛しているか、手にとるようにわかった。車を運転する父の顔はキラキラと輝いていた。もうその故郷に連れていってあげることはできないけれど、せめてもう一度車には乗せてあげたかった。私が運転する車で父は楽しそうだった。

千葉に移ってからはできる限り面会に行った。食事をとる時も一緒に過ごすことができたり、窓の外の風景を語り合ったり。そしてある日には私が顔を出すと、父が、「おようさんだね？　おようさんだろう？」と言うのである。

おようさんとは、はて、いったい誰なのか。

その存在を後日、母に訊いてみた。するとすでに亡くなっているが確かに存在しており、父のいとこだという。その昔、とても仲が良かったそうだ。

今になって聞いたこともない名前が出てくるとは思わなかった。

コロナ禍で外出ができない中、最初の施設にはホールに窓がなかったことが気になっていた。

今回の施設には大きな窓がある。外の風景が見えて少しは気もまぎれるだろうか。

私が面会に行くと、とても喜んでくれた。そしてまたある時、私に言うのである。

「あんまり丁寧に育てられなかったけれどね」と。まるで詫びるように。

「そんなことないよ。私はパパの娘でよかったよ」と言うと、少しこそばゆそうにうつむくのだった。

今までそんな会話を父としたことがない。この時もまた、「父はそんなふうに思っていたのか」と意外な一面を見た気がした。

千葉に移り、しばらくは面会ができていたが、施設内にコロナ患者さんが出て、そこでも一日面会ができなくなってしまった。またも寂しい思いをさせてしまったのである。

別れの時

令和四年四月のある日、施設から連絡がきた。父が「今日は調子がいいから」と言って、歩いてみたところ転倒してしまったという。

父は毎日朝起きると自力で車いすに乗り、車いすに座ったままの状態で足こぎをし、部屋からホールへと自分で行っていたようだ。それが転倒後、足のつけ根が痛いと言い、動かなくなったそうだ。

施設の人は「骨折しているかもしれないので病院にお連れした方がいいのでは？」と言うのである。

痛いのはかわいそうだと思い、その時は会うことを許されたので病院に連れていった。

病院での長い待ち時間に父はトイレに行きたくなった。私は一人で父を車いすから便座に移すことができず、ナースステーションに父を連れていった。

「助けてください」と私は声をあげた。

看護師さんと二人がかりで父を持ちあげ、父も「よーいしょっとお」とかけ声を出して頑張り、ようやく用を足すことができた。父も頑張って生きている。

その日の診断は「大腿骨骨折」だった。

次の診察で手術をするか決めましょうという話だった。


そして次に病院に連れていこうと予定していた前日に、父があまりにも食事をとらないというので施設に呼ばれたのだが、私が行くとすでに救急車が来ていた。父は救急車で運ばれ、そのまま先日診察を受けた病院に入院することになった。

ああ……これでまた完全面会禁止だ。父の様子が全くわからない。時々主治医と電話で話すことは、手術をするかどうか。「手術をして治るのだったら手術をしてほしい」と私は主治医にお願いをした。

骨折が治り、治療をしてもらい痛みがなくなればいいと思った。

主治医は「わかりました」と言っていた。


時は令和四年五月となっていた。

父は病院に来ない私をどう思っていたのだろう。主治医と電話で話しても、「栄養が足りておらず、まだ手術ができる状態にならない」と言う。手術ができる状態にはいつになったらなるのだろう。食事はとれているのだろうか。私がお見舞いに行けたら、父の好きな甘い物を口に入れてあげられるのだが。

様子がほとんどわからないまま日々が過ぎた。

ある日、師長さんと電話で話すことができた。師長さんから「手術をしたとしても栄養が足りていないので傷口がふさがらない」と言われた。

そうか、そうだったのか……もう手術どころの状態ではなくなっていたんだ。「少しでも本人に会えないか」と師長さんにお願いした。

だが、「もういよいよ」となった時でないと会えないのだそうだ。

入院して一カ月がたち、その「いよいよ」の時が来たようで、私はＰＣＲ検査をして、院内に入ることを許された。

それは、お看取りまでの間だった。

泊まりこむ準備をして、私は父の病室に入ることができた。

父はもう息も絶え絶えでほとんど意識がなかった。

腕はひじから手まで全てむらさき色だった。

何度も何度も点滴を打ったんだね、パパ。

その腕を見た時、私はぐっと何かを飲みこんだ。

そう、きっと悲しみだろう。

悲しみという感情を心の奥底に飲みこんだのだ。

悲しみに飲みこまれてしまわないように。

「パパ！　パパ！　みやだよ、みやだよ」

と父の耳元で叫ぶと、もうろうとしていた父が、片目だけ必死に開けようとしていた。どんなに頑張っても片目だけなのであるが、閉じてしまいそうになるその目を、ふるいたたせるように顔を振り、最期の最期の力を思いきりにふりしぼって、私の顔を見ようとしていた。もう父の声は出なくなってしまっていたが、きっとその目に私の姿を焼き付けてくれたことだろう。

父の大きな手をぎゅっと握った。父の手には私の手を握り返す余力はあった。

父と手をしっかりと握りあった。

かすかな意識のある父との最期のやりとりだった。

それから、父の看とりのために病室に宿泊をした。

その間、病院の方々がどれほど父の看護をしてくれていたかを目のあたりにすることとなった。

入院中の父の様子も聞くことができた。

看護師さんが「勝さんは国語の先生だったのですか?」と聞くと、「ああそうだよ」とニコニコ答え、「住職さんですか?」との問いにも「ああそうだよ」と、ニコニコしながら答えていたという。父らしい。

父は看護師さんに冗談を言ったりしながらよく窓の外を見ていたという。

「ここは景色がいいねえ」と言いながら、父はきっと私のことを待っていたことだろう。どんなにか待っていただろうか。それでもパパは、「美也子を呼んでくれ」とは言わなかったんだね。

わがままを言わず、じっと待っていたんだねぇ。

父は愛されキャラの人だった。

鼻腔栄養は鼻に管を入れて、胃まで通すので苦しい。

相当暴れたのだろう、鼻の周りは傷だらけだった。

それでもパパ、最期の時間、
優しい看護師さんたちとお話ができてよかったね。

少し救われたような気がしていた。

私が宿泊中の夜中に、いつもがらがらと音をたてている父の痰が止まった。

起きて父を見ると、目がぱかっと開き、天井に向けて、万歳をするようにばっと両手をあげ、次の瞬間、ばらんと下げた。

まるで「我は死ぬのか」とでも言っているかのようだった。

そばでどんなに呼んでも、本人の耳には入っておらず、意識もなく、私は一瞬父の意識が戻ったのかと思ったが、次の瞬間、父はすでにこの世の人ではなくなっているかのようだった。

まさに死ぬ間際の人間の姿だった。けれど父のことだから、この状態でもまだまだしばらく生きるのではないか。

尿が少なくなり便も黒くなっていた。もう間もなくだと言われたが、それでも父のことだから、父のことだから、そう思えてならなかった。


師長さんの話だと、痰吸引には二十四時間体制が必要であり、そのシステムのない今の施設に戻るのは見殺しにしてしまうようだと言って、父が施設に戻ることを躊躇された。しかし、かと言って、このまま病院にずっといさせてはもらえないと言う。

私はどうしたらいいのだろう。

このまま、父が死ぬのをただ待ってはいられない。

次に進むんだ。

死が迫っているが、受け入れてくれる施設、そういうところを探すんだ。

インターネットで探していると、たまたま近くにそういった施設があることがわかった。

ああ、あそこだ。

最近新しい建物ができた、あそこがそういう施設だったんだ。その施設なら痰吸引も二十四時間行ってくれる。そこに行こう。

私は師長さんに話し、病院を出て父を新しい施設に移す手続きに行った。

父の行き先ができた。そう思った。

そこの施設でも担当のかたが丁寧に話をしてくれた。その人はふと私の顔を見て、

「お疲れですか？」と聞いた。

その瞬間、私の目から涙がどっと出てしまった。

飲みこんでいた悲しみがあふれ出たかのようだった。

手続きができた翌日の朝、父の入院先から電話がかかってきた。

「もう危ないです」

私は急いで支度をして、病院に向かった。一足違いで間に合わなかった。

父はまだ温かかった。

それもつかの間で、どんどん父の身体は冷たくなっていった。

覚悟はできていたことだった。

私はすぐに葬儀社に連絡しなければならなかった。

そう、父は亡くなったのだ。

令和四年五月二十二日、この世の人ではなくなってしまった。

身体はここにまだあるけれど、父の存在は、もうない。

悲しんでいる時間はなく、父の身体を葬儀社の人に運んでもらい、母に知らせ、母を連れて先に運ばれた葬儀社へ行って、葬儀の打ち合わせに入る。

葬儀の際には必ず本人の写真が必要となることはわかっていたが、生きている間にそれを準備するのもまたしのびなく、葬式までの間に探した。母は弁護士バッジのついている背広を着た写真がいいと言うが、なかなかない。

父は現役時代、いつもバッジを背広のえりに裏返してつけている人だった。やっと見つかった写真は、あまり父らしい写真ではなかった。

父の葬儀には、愛知のいとこ姉妹も来てくれて、皆で笑って過ごした。

父は、実におもしろい人物だった。

私の子どもの頃の父の印象は、夜遅く寝て、朝遅く起きて、ゆっくり生きているようにも見えた。しかし、ひとたび仕事となると「お父さんねぇ、今日は法廷なの」と言って、意気揚々と背広を着て、皮鞄にふろしき包みを小脇に抱え、ピカピカにみがかれた皮靴を履き、キラキラと楽しそうに出かけていった。

弁護士という職業だからといって決してえらぶらない。

何事も笑っているような、そして、どこか迫力がある人だった。

「ストレスはかかえないように」

「ストレスがあると長生きできないよ～」とよく言っていた。

父は、九十七歳で生涯を閉じた。

長生きだった。
あの時、もっとこうしてあげればよかった。
そんな想いが頭の中をぐるぐる回る。
今でも時々思う。
そんな私に父は言うだろう。
「終わったことをいつまでも考えとっても何も始まらないよ」
そう言って楽しそうに笑うのだ。
そして私は思い出す。
父のその考え方に救われてきたこと。
後悔よりも、次に進むことが大事なのだ。

おわりに

五十一歳の若さで病死した姉は、まるで力尽きたかのごとく、「パパとママの老後は任せたわよ」と言わんばかりにこの世を去った。

父と母にとってその悲しみは計りしれない。それでも父と母は、また前を見て、元気に暮らしていた。

ずっとずっと父と母は仲良く楽しく暮らしたかったのだ。けれども人間は長く生きていると必ず「老い」というものがくる。

老いると色々なことを忘れたり、わからなくなったり。だが、その一人一人にも長きにわたる人生があり、思いがあり、歴史があり。

そしてまた、国を支え、産業を支えてきた軌跡がある。

親の老いを見ながら自分のこの先を見つめているようだった。

最期の最期まで一生懸命、生きることを改めて教えられた。父の最終章だった。

大正に生まれ、激動の昭和を生き抜き、平成、令和と生きてきた父。


人は生まれてくることが奇跡であって、生まれて生きて元気に過ごせることも奇跡、病気になって治るのも奇跡。

私たちはその奇跡を大事に生きていこう。せっかく生まれてきたのだから。

人々が互いに思いやりを持って過ごせば優しい気持ちになれる。

その優しい気持ちが嬉しかったら楽しくなる。せっかく生きていられるのだから楽しく生きよう。何事も話し合って解決するのがいい。人間は話し合いをすることができるのだから。苦境になっても、それをどういい方向に向けるか考えればいい。

いい方向に向けることを考える。

ころんだら立ち上がる。

動けて生きてさえいれば必ず前に進める。立て直すことができる。

人は考え方次第なのである。
せっかくの奇跡を楽しく生きたい。
世界中がそう考えられる日を望まずにいられない。
心を持っている人間なのだから。
助け合える力を持っているのだから。

母は現在九十二歳となった。
外に行く時は車いすだがまだ歩ける。まだまだ元気に生きてもらおう。
最期まで楽しく生きられるようにその命を守らなければ。父が心配しないように。

あとがき

この本を書くにあたり、少しの躊躇がありました。けれども、読んでくださる方々に、長く生きればいずれ必ず迎えることとなる「老い」というもの、その時に起きる様々な変化を想像する機会となっていただけたらと思い、ペンをとりました。高齢となった人々がこの世の中で必死に生きていること、自分の親も自分もいつか長い人生のその先にやってくる「老い」に覚悟が必要ということ。

その覚悟を日々の生活のどこかにおきながら周りを見渡し、生きていくことも必要ではないかと思うのです。

親を施設に入れることへのためらいがある方々に、自分の生活を大事にしながら、何事も、抱え過ぎないように生きてほしいという願いもこめています。

著者プロフィール
美也子（みやこ）
1966年生まれ。
東京都出身、千葉県在住。

親の老いと直面した時

2024年12月15日　初版第１刷発行

著　者　美也子
発行者　瓜谷 綱延
発行所　株式会社文芸社
〒160-0022　東京都新宿区新宿1－10－1
電話　03-5369-3060（代表）
03-5369-2299（販売）

印刷所　TOPPAN クロレ株式会社

ISBN978-4-286-23546-2